Coordinación editorial: M.ª Carmen Díaz-Villarejo
Diseño de colección: Silvia Pasteris

© Del texto: Roberto Aliaga, 2010
© De las ilustraciones: Roger Olmos, 2010
© Macmillan Iberia, S.A., 2010
c/ Capitán Haya, 1 - planta 14. Edificio Eurocentro
28020 Madrid (ESPAÑA)
Teléfono: (+34) 91 524 94 20

www.macmillan-lij.es

ISBN: 978-84-7942-595-1
Impreso en China / Printed in China

GRUPO MACMILLAN: www.grupomacmillan.com

Roberto Aliaga

# ENTREsombras
# Y EL CIRCO AMBULANTE

Ilustración de Roger Olmos

**MACMILLAN**
Infantil y Juvenil

*«Y un libro siempre ha de tener una pizca de asombro,*
*una dosis de inverosimilitud,*
*un puñado de fantasía y otro de locura,*
*por lo menos.»*

**Alfredo Gómez Cerdá.** *"La casa de verano".*

# C

**uando amaneció el circo ya estaba allí.**

Lo habían instalado en el sitio habitual: a las afueras del pueblo, junto a la vieja chatarrería de *Fu Manchú* y el barranco del ahogado.

La carpa era pequeña y descolorida,
con parches y remiendos que indicaban
su procedencia; no de otro lugar, sino
de otro tiempo. A su alrededor, las carretas
y caravanas utilizadas como almacén, como
habitación, e incluso como jaula de bestias
circenses, tejían una telaraña con bombillas
de colores.

Poco después de que amaneciera, pues
no había tiempo que perder, salió de la carpa
una escueta comitiva de presentación. Eran
tres y conducían sendos biciclos.

El primero, un payaso que tocaba
una grotesca bocina de la que parecían salir
gritos, o lamentos; detrás, un enano con
sombrero de copa y bigote; y, finalmente,
un funambulista, tentando a la mala suerte
con un paraguas abierto. Dieron varias vueltas
por el pueblo, pedaleando sus calles de arena

al son de la bocina del payaso. Recorrieron
los alrededores del mercado y el colegio,
y finalmente aparcaron sus biciclos junto
a la plaza de la fuente.

Allí, el payaso desenrolló un cartel
y comenzó a sujetarlo entre dos árboles.
El funambulista se entretenía fingiendo
equilibrios en el borde del estanque.
El enano, arrodillado en el suelo,
comenzó a hacer dibujos en un banco
con tizas de colores; pero enseguida cambió
de entretenimiento y se puso a lanzar las
tizas a los patos que habitaban el estanque,
afinando la puntería para acertarles en
la cabeza.

Cuando el payaso finalizó su tarea se
sacudió las manos y escupió en el suelo.
A su alrededor se había congregado un
pequeño grupo de curiosos… Todos miraban
el cartel que había instalado, en el que

se adivinaba un rostro en la penumbra. Una figura difuminada y confusa que parecía querer salir de la oscuridad, pero que no podía, y aún se presentaba velada; atrapada por las sombras.

En el cartel se leía:

# CIRCUS
# "Magic Show"

### a cargo del gran
# TITO CAPPUCCINI

**ÚNICA ACTUACIÓN:**
**DOMINGO**

El enano, el funambulista y el payaso subieron a sus biciclos y se fueron.

Los espectadores se quedaron en silencio, viendo cómo se alejaban. Ni una palabra.

Y es que a todos había llamado la atención que los tres personajes de circo que se habían dedicado a despertar al pueblo aquella mañana parecieran tan enfadados.

Tan terriblemente enfadados.

Sus caras… eran de mala sombra.

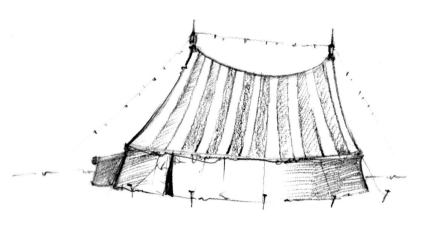

# L

**a bocina también despertó al chico.**

De hecho, el sonido se introdujo
en sus sueños, y allí dentro, en el estrecho
mundo que formaban sus sábanas, aquellos
gritos parecían surgir de un tren, encabezado
por una locomotora de vapor como las de
antes, como la que había en el escaparate
de la juguetería de don Cruz; solo que en
su sueño era real y asombrosamente grande.

La locomotora se acercaba a toda velocidad, pero Mateo no podía hacer nada para evitarla. Estaba de pie sobre la vía. Solo tendría que dar un paso a la izquierda o a la derecha, pero era incapaz de hacerlo. No podía. No tenía fuerzas… ¡Sus pies estaban dormidos! Y todos los pasajeros, asomados por las ventanillas, gritaban echándose las manos a la cabeza.

Fue entonces cuando se despertó.

El sonido disfrazado de lamento era real. No era fruto del sueño, porque siguió escuchándose mientras se alejaba calle arriba. El chico se levantó de la cama dando un salto y aún pudo ver desde su ventana los tres biciclos y los coloridos atuendos que transportaban.

—¡Un circo! —dijo entusiasmado, dirigiéndose a los cinco peces que le miraban desde su acuario, sobre el escritorio–.

¡Ha venido un circo!

Mateo era consciente de que aquel
sonido, que aún retumbaba en la habitación,
cambiaría el curso del día.

*No se imaginaba cuánto...*

Colarse en la chatarrería no era difícil.
Mateo conocía, al menos, siete formas
distintas de hacerlo. Y una vez traspasada
la montaña de neumáticos, era casi
imposible que el chino pudiera encontrarte
en aquella extensión de esqueletos oxidados.
Además, *Fu Manchú* no salía de su cabaña
de madera. Ni tenía clientes que atender.
Que se supiera, nunca nadie había entrado
a comprar en la chatarrería.

Entre todos aquellos montones de
desechos Mateo tenía un escondite particular.
En la chatarrería había muchos automóviles,

incluso camiones y furgonetas, pero la
mayoría ya estaban habitados por ratones,
o habían perdido los asientos, o bien el aire
que se respiraba en su interior era asfixiante.
Algunos tenían las lunas rotas, y otros,
sencillamente, tenían los ojos tapados
y miraban hacia la oscuridad.

Sin embargo, había un Citroën DS
apostado junto a la valla de la chatarrería
desde el que casi se podía dominar el
mundo. Ese era el coche de Mateo. Y estaba
impecable; solo le faltaban las llaves.

Bueno, tampoco tenía motor… pero
nadie era perfecto. Además, de haber contado
con llaves y motor de poco le habría servido,
porque la parte trasera del vehículo se fundía
con un enjambre de bicicletas anudadas
entre sí que daba la impresión de que se lo
quisieran comer. Incluso parecía que cada día
lo engullían un poquito más en su interior,

como si se trataran de unas peculiares arenas
movedizas.

Mateo se sentó al volante del *Tiburón*.
Dejó en el asiento trasero la mochila del
colegio y abrió la guantera. Parecía el nido
de una urraca. Allí guardaba sus prismáticos,
algunas chocolatinas, la linterna de espía,
un pequeño estuche de lijas de manicura y,
sobre todo, manojos y manojos de llaves.

En el *Tiburón* tenía todas las herramientas
que necesitaba. Además, el asiento del
conductor era muy cómodo y a Mateo
se le pasaban las horas sin darse cuenta.
Las mismas horas que en clase serían un
suplicio.

A veces leía. Mateo guardaba allí un
montón de cómics y algunos libros de
aventuras de la biblioteca, esparcidos por aquí
y por allá.

A veces cambiaba de marcha, agarraba
el volante con fuerza, y se sumía en una
terrible persecución; perseguidor
o perseguido, qué más daba. La valla que
tenía frente a él se desvanecía y aparecía en su
lugar una carretera solitaria, llena de curvas
y con un precipicio al lado izquierdo, sobre
la cual el Citroën volaba para no ser alcanzado.
Mateo se volteaba exageradamente hacia
los lados al tomar las curvas, y cuando por
fin parecía que le iban a dar alcance, pulsaba
los botones del panel de mandos, como James
Bond, para arrojar la nube de humo
o el charco de aceite…

A veces leía. A veces jugaba a ser OO7…
Y a veces sacaba una fotografía arrugada del
bolsillo de su mochila; una fotografía de su
hermano Lucas, y lloraba sobre ella.

Pero eso era solo a veces.

Últimamente, la mayor parte del tiempo la dedicaba a las llaves. Mateo sentía verdadera pasión por las llaves. Las coleccionaba. Estaban por sus bolsillos, en la mochila del colegio, en los cajones de su cuarto; y, sobre todo, estaban en el Citroën. Allí, en su escondite secreto, era donde las lijaba, donde las estrechaba y disimulaba sus dientes con la intención de encontrar la llave que abriera todas las puertas: la llave maestra.

Era una bonita forma de perder el tiempo. Cuando la encontrara, cuando tuviera la llave maestra entre sus dedos, nadie volvería a cerrarle una puerta en las narices. Nadie. Nunca.

Pero no era el canto de las llaves quien había llevado a este pequeño Ulises a su escondite aquella mañana. Mateo sacó los prismáticos de la guantera. El circo estaba allí, al otro lado de la valla, alzándose frente a él. La emoción, toda, en su estómago.

En ese momento sus compañeros, uno a uno, estarían entrando a clase…

*Bon appétit!*

La carpa, que en otro tiempo habría alternado los colores blanco, azul y rojo, ahora resaltaba por su palidez. Era sencilla y no muy grande; al contrario, parecía tener unas dimensiones excesivamente reducidas, dando la impresión de que se tratara de un circo de juguete.

A su alrededor no se veía a nadie, ni se escuchaba nada.

Ni siquiera un aparato de radio, un exabrupto animal o un bostezo… Nada.

Junto a la puerta de entrada, cosida por una cuerda en ese momento, había

un pequeño remolque-taquilla cerrado a cal
y canto, en cuyo frontal habían desplegado
un cartel idéntico al de la plaza de la fuente,
en el que se anunciaba el espectáculo de
magia a cargo del gran Tito Cappuccini…
El rostro del mago seguía atrapado por
las sombras.

Los números de magia entusiasmaban
a Mateo.

¿Sería capaz el señor *Capuchini* de
atravesar con espadas a su ayudante? ¿Sabría
hacer aquello de cortar a una persona del
público con un serrucho y separarla en dos
mitades, mientras los pies y los brazos seguían
moviéndose?

Pero, además de esta, habría otras
actuaciones… ¿no?

Tenía que haberlas. Con toda seguridad
el payaso tendría su propio número, con
el que haría brotar risas y carcajadas.

El funambulista recorrería la cuerda floja,
o saltaría entre trapecios... ¡Y en el circo
tal vez hubiera hasta un domador! Porque,
allí mismo, entre el resto de caravanas que
rodeaban la carpa, había una jaula.

Gracias a sus prismáticos, Mateo
pudo distinguir los barrotes en la parte
más alta. Eran muy gruesos. Pero lo que
la jaula albergaba dentro era un enigma,
velado por una gruesa cortina de
color azul.

Fue entonces cuando Daniela apareció
dentro de los prismáticos; es decir, en su
campo de visión, dirigiéndose hacia la carpa.
Un pie detrás del otro.

La chica se situó junto a la taquilla
y leyó el cartel. Dos veces, tal vez tres…

Mateo intentaba recuperarse del vuelco
que le había dado el corazón. Siempre

le ocurría cuando se encontraba con ella inesperadamente.

Así que su mesa no era la única de la clase que se había quedado vacía aquella mañana. Daniela también había cambiado sus planes después de oír la bocina.

¡Qué gracia! Quién lo hubiera dicho… Precisamente ella.

# E

**l jardín estaba casi a oscuras y en silencio.**

Brady se hallaba hacia la mitad de su guardia, sentado en el columpio que colgaba de una encina seca.

No pestañeaba; aunque tampoco le hacía
falta, porque sus ojos no podían secarse más
de lo que ya estaban. Llevaba un cigarrillo
apagado, a medio consumir, en la comisura
de los labios.

Casi se podría decir que era invisible.
Su piel cenicienta se camuflaba perfectamente
con el entorno, oculta bajo el sombrero
y la gabardina.

Ni siquiera el Abuelo habría sido capaz
de encontrarlo allí, en el jardín de su propia
casa. Y más le valía que no lo encontrara…

*Más le valía…*

El jardín era muy grande. Grandísimo.
Estaba salpicado de tumbas y rodeaba
completamente la vivienda
(¿o debería decirse *morienda*?).

Las lápidas se esparcían a lo largo de toda
la extensión, de forma caótica, sin un orden
aparente. También había algún que otro
panteón, con la puerta entreabierta, a través
de la cual se filtraban el fulgor de las velas
y los ronquidos de sus inquilinos.

En el cielo, como una promesa que jamás
llegaría a cumplirse, brillaban cuatro estrellas.
Brady, sentado en el columpio, intentaba no
moverse para no despertarlos. Había algunos
que con la más mínima alteración empezaban
a salir… Los muertos adormilados eran unos
guardianes estupendos. Por eso el Abuelo
Penumbras los tenía allí, vigilando su casa.

Ya quedaba poco… Menos de la mitad.
Menos mal. Y con una pizca de suerte
las chicas aún estarían en la taberna cuando
él terminara la guardia.

*Maldita guardia. Maldita Resistencia*
*y malditos todos.*

Sacó una petaca de su bolsillo y echó
un trago.

No era culpa suya. No había tenido más
remedio. Se le hacía tarde… Pero despedirse
tan bruscamente de aquella jovencita
de las manos cosida (¿cómo se llamaba?)
le había dejado tan mal sabor de boca…
Aunque, pensándolo bien, Brady,
desde su muerte, siempre había tenido mal
sabor de boca.

# D
aniela se acercó hasta la jaula y descorrió la cortina.

Después de aquel simple acto, descorrer una cortina, fue cuando el mundo se volvió loco a ojos de Mateo, adquiriendo en un instante el pastoso regusto de las pesadillas.

Todo sucedió muy rápido. Tanto, que
el chico fue incapaz de procesar debidamente
la información que le llegaba a través de los
prismáticos, y cuando los apartó de sus ojos
ya todo había pasado, en menos tiempo del
que se tarda en contarlo.

Detrás de la cortina, en el interior de
la jaula, apareció una enorme fiera: un perro
grandísimo. Tan grande como un caballo,
con el pelo negro y largo cayéndole sobre
la cara y encrespándosele furiosamente en
el lomo. Tenía zarpas de oso, y con ellas
por delante se abalanzó sobre los barrotes,
atacando a dentelladas y haciendo saltar
chispas en cada embestida.

Daniela no dijo nada. Simplemente
cayó hacia atrás, en silencio. Como cae
un árbol.

No se quejó de la caída, ni tuvo tiempo
de levantarse, ni de salir corriendo, porque
antes de que se recuperara del susto que
le había dado aquella bestia, llegó el payaso.
Se agachó junto a ella y le aplicó la bocina
sobre la nariz y la boca, como si se tratara
de una mascarilla de oxígeno; solo que el
payaso hacía funcionar la bocina al contrario,
aspirándole el aliento.

Así fue como la niña se quedó dormida.

Después apareció el enano. Entró en
escena con un látigo en la mano, atacando
con violencia a la fiera de la jaula. Con los
primeros golpes no consiguió doblegarla,
pero finalmente uno de los latigazos restalló
en la cara de la bestia, junto a un ojo, y el
perro retrocedió en silencio, masticando sus
propios dientes.

El enano cerró la cortina y desapareció,
arrastrándose por debajo de la jaula.
Daniela y el payaso también habían
desaparecido.

Mateo, sin darse cuenta, los había
perdido de vista. Rápidamente, se apartó
los prismáticos de los ojos para ampliar
el campo de visión, y fue entonces cuando
advirtió cómo, balanceándose con timidez,
se cerraba la lona que ocultaba la entrada
a la carpa.

Solo eso.

Entonces recordó el sueño: un tren
que se acercaba cada vez más y él sin
poder hacer nada para evitarlo. Incapaz
de reaccionar a los gritos que le alertaban,
de pie sobre la vía… Ahora, como en
su sueño, estaba paralizado. Sus piernas
dormidas no le respondían. Pero no iba

a despertarse... porque ya estaba despierto.
Todo era real. Y esta certeza fue la que le hizo ponerse
en movimiento. No iba a consentir que la locomotora
le arrollara.

Ni a él, ni a Daniela.

Salió del Citroën y se encaramó de
un salto al techo del coche. Desde allí saltó
a la valla metálica, agarrándose como una
salamanquesa, y la salvó ayudándose
con pies y manos. La caída, al otro lado
de la chatarrería, en condiciones normales
hubiera sido dolorosa; pero Mateo estaba
conmocionado por lo que acababa de suceder.
Cuando uno es el protagonista de una
pesadilla, una caída desde una altura de tres
metros apenas tiene importancia.

Corrió en línea recta dirigiéndose hacia la entrada del circo, ahora descosida por uno de sus lados, y se coló dentro sin ninguna precaución; que de nada le habría servido, puesto que allí no había nadie.

No estaban ni el payaso ni Daniela...

Entre las gradas, formadas por cuatro filas de asientos, había un pasillo que se dirigía hacia la pequeña pista, que no tenía más de diez metros de diámetro, y en cuyo centro se alzaba una caja negra rodeada por cadenas.

No había nada más. Y, al parecer, tampoco otra posible salida.

El chico corrió hasta allí y, poniéndose de puntillas, se asomó al interior de la caja, abierta por la parte de arriba. Pero estaba vacía. Dentro no había nada. Nadie. Ni siquiera se apreciaba el fondo. Solo oscuridad... y un olor nauseabundo, como de flores marchitas.

Volvió a mirar a su alrededor. Nada.

Así que... esta caja era la única salida.

La única explicación que se le ocurría; onírica, tal vez, pero estaba viviendo una pesadilla, así que no iba a ser él quien pusiera trabas a lo evidente.

Se encaramó a ella. Primero metió una pierna, después la otra, y se dejó caer...

# E

l payaso surgió
del interior de un panteón, a pocos
metros del columpio en el que estaba
sentado Brady *Saco de huesos*,
y se encaminó directamente hacia
la casa del Abuelo.

Sobre los hombros llevaba a una niña, quieta como una piedra.

*Mierda.*

Cuando Betty *Dientes* les comentó en una reunión clandestina la posibilidad de que una de las conexiones que utilizaban con el otro mundo estuviera en el jardín del Abuelo Penumbras, Brady pensó que la chica había perdido la cabeza.

—¿Y qué quieres? ¿Que nos metamos allí? ¿En su propio jardín? ¿En la boca del lobo (con perdón)? –había exclamado entonces Brady, haciendo aspavientos–. ¡Tú estás loca! ¡Estás muerta y loca! ¡De hecho eres la muerta más loca que conozco! ¿Cómo se te puede ocurrir que nos metamos en su jardín? ¡Si nos pilla buscando la puerta nos despedazará! ¡Nos hará trocitos y los esparcirá entre los cerdos!

Entonces Lobo lo mandó callar:

—Deja hablar a la niña –dijo con su voz grave. Y no hizo falta más.

Brady se calló al instante. Escurrió el trasero sobre el asiento de la silla y disimuladamente bajó el ala de su sombrero.

La chica Dientes estaba en lo cierto. Y gracias a ella habían localizado otra puerta, aunque... había sido tan arriesgado... Jamás lo hubiera admitido delante de nadie, pero Brady había pasado tanto miedo durante sus guardias... Porque aquella casa tenía ventanas, y al otro lado de las ventanas, de vez en cuando, se veía pasar al Abuelo.

En fin; ya estaba localizada. Ahora solo tenía que sellarla, y...

*¡Un nuevo triunfo para la Resistencia*
*de ENTREsombras! ¿Qué e parece, Billy?*
*Jamás lo hubiera dicho al comienzo del partido.*
*¡Los chicos de la Resistencia se están dejando*
*la piel y han conseguido otro absurdo tanto!*
*¡Sí señor! ¡Fíjate en el marcador, Billy: 8091 a 2!*
*La cosa se está poniendo interesante…*

Brady tenía razón. Tan solo era la segunda puerta que encontraban, y a todas luces su empeño se traducía en una lucha absurda.

Nadie en el Mundo Sombrío estaría en contra del Abuelo Penumbras. Allí todos aplaudían su gestión y las excursiones al otro mundo para proveerse de alimento… y entretenimiento. Todos salvo aquellos cuatro infelices que formaban la malnutrida Resistencia.

Cuatro no, tres. Porque hacía tiempo que nadie le había visto el pelo a Lobo.

Era una lucha absurda. Pero la chica
Dientes siempre intentaba animarlos. Ella
era la primera. La más decidida. La cabecilla.
La que se hacía fuerte pese a las adversidades…
Ella era la única que no había perdido la
memoria. Y lo recordaba todo.

—Pensad en el lado bueno, chicos
—decía—: la partida nunca terminará; el tiempo
está detenido. No tenemos prisa. Solo hay que
tener cuidado de que no nos pillen. Solo eso,
e ir cerrando puertas para que a nadie vuelva
a sucederle lo que me sucedió a mí.

Pero a esta otra niña estaba a punto
de sucederle…
O se podría decir que ya le había
sucedido.
Su cuerpo se mecía sobre los hombros
del payaso, que había cazado y venía
corriendo a ofrecer su presa al Abuelo.

45

Tenía todo el sentido del mundo
sombrío… El viejo les daba una puerta y les
dejaba salir a jugar a cambio de una jugosa
presa para la cena. Ese era el trato, ¿verdad?
Brady rió entre dientes, porque este
payaso tendría verdaderos problemas para
volver con su familia circense. Al menos
por esta puerta.

Y los que se quedaran del otro lado,
en el otro mundo… Pobrecitos.

*¿Qué será de ellos cuando descubran que no
pueden volver, Billy? ¿Buscarán allí un trabajo
decente con el que ganarse la vida y formarán
una familia? Como si lo estuviera viendo…
¿O intentarán encontrar otra puerta para volver
al calorcito de sus tumbas? Aunque no será una
tarea fácil… me temo.*

Brady dejó de imitar mentalmente
al comentarista deportivo de los domingos
y se arrastró a gatas hasta el panteón. Tenía

que entrar allí y estudiarlo con detenimiento, fijándose en el más mínimo detalle para poder dar con la manija.

*¿Dónde estás, manijita bonita?*

Y una vez que la encontrara, hacer unos pequeños ajustes.

Aunque lo más rápido sería hacerla cuatrocientos mil pedazos, antes de que la…

*¡PLAF!*

Brady no tuvo tiempo de verlo. Desde arriba, un inesperado pie le cayó encima pegándole de lleno en la mandíbula. Sus pensamientos se detuvieron y todo comenzó a dar vueltas. Muchas vueltas.

Cuando por fin pudo recuperar el control, Brady alargó los brazos y se recolocó la cabeza sobre los hombros, aunque se le quedó un poco doblada hacia la izquierda. Alguien más había utilizado la puerta detrás del payaso. Alguien que desprendía un tenue olor a vivo, y que por lo tanto –Brady era muy ingenioso y no se le escapaban estas cosas– lo más probable era que estuviera vivo.

Mal asunto.

Se asomó al exterior del panteón, escudriñando entre las sombras…

…pero el chico ya no estaba.

Solo se veían, un par de lápidas más allá, a dos muertos adormilados que asomaban la cabeza desde sus tumbas con cara de sueño.

—Qué descortesía –se quejó Brady en voz baja–. Al menos podrían haberse peinado antes de salir de casa…

Y echó a correr en silencio, como el fantasma de una gacela.

# La caja no tenía fondo.

Los pies de Mateo continuaron
cayendo en la oscuridad, más allá de donde
se suponía que debía de estar la base.

Pero no se precipitó al vacío. Más bien
se diría que descendió como si cayera en
un sueño o estuviera siendo transportado
por un ascensor imaginario.

Tras un breve instante sus piernas
se recondujeron por lo que parecía ser
una superficie horizontal de estrechas
dimensiones y se deslizó por ella hacia una
estancia reducida. El olor a flores marchitas
pudriéndose en agua era más pronunciado,
y solo le dio tiempo de ver, a la luz de
las velas, lo que parecía un pequeño altar
y una figura arrodillada en el suelo, sobre
la que estaba a punto de precipitarse
sin remedio.

Una figura que no era una persona.

Mateo se dio cuenta antes de caerle
encima. Se trataba de un ser escalofriante.
Algo así como un esqueleto con una fina capa
de piel reseca que le daba un aspecto de

eterno asustado, ya que no era suficiente para cubrirle ojos y dientes. Le faltaban dos tallas. El pie del chico, con la fuerza de la caída, le impactó de lleno en la cara.

*¡PLAF!*

*Diez puntos.*

El muerto no se quejó. Solo emitió un crujido hueco y su cabeza se puso a dar vueltas sobre su propio eje, como una carraca.

Mateo se levantó incluso antes de haber caído al suelo y salió corriendo de allí, sin esperarse a ver dónde se detenía la cabeza, convertida en ruleta de la fortuna. Corría tan rápido como sus piernas daban de sí. El miedo le hacía sollozar y las lágrimas le escocían en los ojos.

No era para menos. Conforme iba procesando la información que le llegaba de su alrededor se asustaba más: estaba en un cementerio, tropezándose con las lápidas;

estaba anocheciendo a las diez de la mañana y, de una patada, le había quitado el sombrero a un muerto con gabardina y ojos saltones. *¿Podría ser peor?*

Avanzó dando tumbos entre las tumbas. No parecían mantener un orden determinado, pero el chico intentaba conservar la línea recta. Al cabo, una altísima verja de hierro le cortó irremediablemente el paso. Y parecía extenderse hacia izquierda y derecha hasta donde podían ver sus ojos, ya habituados a la semioscuridad. Treparla era imposible: era muy alta y carecía de apoyos.

Se dio la vuelta y advirtió algo así como una casa. Una enorme mansión con luces encendidas en medio del cementerio. Echó a correr hacia ella del mismo modo: en línea recta. Rápidamente, como un animal acorralado.

Ya casi había salvado la distancia.
La casa, grande como una iglesia, se alzaba
imponente ante él cuando una sombra,
o algo que no supo descifrar, le derribó
haciéndole rodar por el suelo. Se podría
pensar que Mateo mordió el polvo, pero no
fue así, porque aquella cosa se esforzó en
taparle la boca con su mano fría y áspera.

Era el muerto. El de los ojos saltones.

Cuando terminaron de rodar, sus caras
quedaron frente a frente. Y así, de cerca, era
aún más feo. Endiabladamente feo.

Sus ojos parecían salirse de las órbitas,
mirándole fijamente. Había algo en ellos.
Una espiral que se enrollaba como la
concha de un caracol, primero a izquierda
y después a derecha, y que abrazó los ojos
y la mente de Mateo con la misma fuerza
de las manos que le sujetaban el cuerpo
y tapaban su boca.

—Chsss… No grites, chico tonto… –
susurró el muerto, arrastrando las palabras–.
No tengas miedo. Soy tu amigo. Confías en
mí, porque soy de los buenos. ¿Está claro?

»Y porque si no lo haces, nos harán
trocitos y nos esparcirán entre los cerdos.
Mateo no contestó. No podía contestar.
Tenía una mano tapándole la boca. Y quizás
estaba mudo. Tal vez muerto... No entendía
nada, pero tampoco tenía miedo. La sensación
de peligro estaba desapareciendo.

—Chsss... –volvió a decir el muerto.
Sus ojos habían dejado de girar–. Cállate
y no te muevas... Y deja quietecita esa rodilla,
por favor, que me la estás clavando en las
costillas...

Después, cuando aquel ser notó que
la respiración de Mateo se había acompasado
y el chico estaba más tranquilo, le dijo:

—Ahora te voy a soltar, ¿vale?
Pero tú vas a ser un buen chico y no vas
a gritar. Porque si gritas los despiertas

–advirtió dirigiéndose hacia las lápidas–,
y si los despiertas saldrá el Abuelo
y no le hará ninguna gracia vernos aquí,
buscando setas en su jardín. Ni a ti, ni a mí…
»Así que sé un buen Chico Tonto,
y te prometo que enseguida te devuelvo
a tu mundo… gratis y en primera. Va a ser
un viaje fabuloso, ya verás. ¡Con Brady
la diversión está asegurada!

Tras el improvisado discurso, el muerto
comenzó a apartar su mano lentamente,
esforzándose por mantener una sonrisa
tranquila. Pero era horrorosa. Cualquier cosa
sacada de la más terrorífica de las películas
de terror que Mateo había visto en toda
su vida, habría sido menos espantosa
que aquella mueca. Sin embargo, al chico
le resultó reconfortante. Era un amigo.
Era de los buenos.

—Me llamo Brady —dijo el muerto después de levantarse, tendiéndole educadamente la mano.

Mateo no correspondió al saludo. Ni se levantó del suelo. Ni dijo su nombre. Solo abrió la boca, al cabo, para preguntar:

—¿Dónde está?

—¿Dónde está quién? Tengo muchas virtudes, hijo: soy apuesto, elegante, educado, un conquistador nato, y sé hacer cositas con los ojos; pero la adivinación… me temo que no está entre mis facultades.

—Daniela.

—¿Daniela? No conozco a ninguna Daniela —aseguró Brady mientras sacudía el polvo de su gabardina—. Me temo que nunca nadie nos ha presentado…

Un momento, ¿no tendrá las manos cosidas? Porque si es así, no tienes nada que hacer. Esa chica está loca por mí. He visto cómo me miraba... Y yo tengo un sexto sentido para esas cosas...

—Iba con un payaso. La llevaba...

—Mateo se atragantó con las palabras–, hace un momento...

Brady cerró la boca y le miró a los ojos.

—Ah, esa Daniela.

—Sí... Es mi amiga. Se cayó al suelo y el payaso se la llevó.

—Ya veo.

El muerto arrugó el gesto y chasqueó la lengua.

—Pues me temo que tu amiga Daniela se ha metido en problemas, Chico Tonto –y después, observando a lo lejos, continuó diciendo para sí–. Y ahora estos dos... ¿Por qué tendrá que suceder todo siempre en mis guardias? Es que hay que tener mala suerte.

Dos muertos adormilados venían hacia ellos, cogidos de la mano y tambaleándose en una carrera que parecía retransmitirse en cámara lenta.

Venían con una cándida sonrisa en los dientes.

# B

rady se escurrió como una ardilla.

Desapareció diciendo:

—No te muevas, si no quieres acabar
como ellos. Aunque igual quieren adoptarte.
Se ve una pareja de lo más cariñosa, míralos…

Mateo no entendía nada. No sabía
por qué el muerto de la gabardina llamaba
adormilados a sus colegas, porque estos dos
que se acercaban tenían los ojos bien abiertos.
Los ojos y la boca. Y estaba claro que venían
directamente a por él.

Antes de que llegaran a su lado, apareció
junto a una lápida un pie que puso la
zancadilla a la fémina de la pareja, que cayó
al suelo sin remedio. Su compañero le soltó
la mano, para no caer con ella y ni siquiera
la miró. Tenía los ojos puestos en el chico,
e iba hacia él, mientras Brady arrastraba
el cuerpo de la mujer tras la lápida y se
esmeraba en echarle puñados de tierra
en los ojos y en la boca, para que se volviera
a dormir, mientras le cantaba en voz baja:
    —Esta señorita se va a dormir… en su
cunita… que sí, que sí…

Pero Brady tardó demasiado en conseguir
que la mujer empezara a roncar, y cuando
salió de su escondite, el muerto adormilado
ya había llegado a Mateo.

El chico seguía sentado en el suelo, tal
vez esperando que aquella cosa se le echara
encima y le mordiera en una oreja, pero no
era esa la forma de proceder...

El adormilado le agarró un pie con las
dos manos. Con fuerza. Ya tenía presa.

*¡Bingo!*

Después tomó todo el aire que pudo,
dispuesto a dar un alarido que retumbara
en cada rincón del jardín. La voz de alarma.
La bocina de un barco. Así era el protocolo
que les había enseñado el Abuelo Penumbras.

Pero el alarido se quedó dentro del
adormilado. Antes de que comenzara a brotar,
Brady le sacudió una patada en la entrepierna
que le cortó la respiración, haciéndole caer al

suelo, de lado, sin mudar el gesto y sin cerrar la boca siquiera; lo que facilitó en gran medida la operación posterior, de los puñados de tierra en boca y ojos, para que volviera a dormirse.

—Y ahora vámonos de aquí antes de que se líe una gorda... —le dijo Brady al chico, cogiéndolo de una mano y arrastrándolo tras de sí.

—¿Y Daniela? ¿Qué pasa con Daniela?

Brady *Saco de huesos* se detuvo junto a un panteón escorado y resopló. Volvió a resoplar, y después le prometió a Mateo que intentaría ayudarlo. Sí. Intentarían rescatar a Daniela. Un intento; aunque sin asegurarle nada...

Pero no podían hacerlo solos. Necesitaban ayuda. Había que avisar al resto de la Resistencia.

Buscaron la salida en silencio, zigzagueando entre lápidas, hasta que llegaron a un oscuro rincón donde la verja tenía un par de barrotes sueltos en su parte más baja.

—Fíjate, rompí los barrotes con estos dientes –dijo Brady, señalándose la dentadura, orgulloso–. Es la única salida. Sal y aléjate un poco. Espérame allí, junto al primer árbol. Enseguida vuelvo.

»Y no te metas en líos. Si alguna chica quiere llevarte al baile dile que ya estás comprometido, conmigo.

Mateo salió de aquel laberinto de tumbas a través de los barrotes sueltos y se dejó caer en el suelo, apoyando la espalda contra el ciprés que Brady le había dicho. La tierra estaba fría. Fría y húmeda. La humedad no tardó en calar el fondillo de sus pantalones. Y el silencio caló su ánimo. No se oída nada. Absolutamente nada.

Brady regresó con un puñado de ropa en los brazos.

—Tienes que cambiar de vestimenta,
Chico Tonto. Ponte esto, que está como
nuevo… Se lo acabo de quitar a un fraile.
Además de estos dientes de acero, tengo unos
dedos ligeros.

»¡Y soy poeta! Por si no te has dado
cuenta.

A Brady le costó que Mateo aceptara
ponerse aquella ropa recién salida de una
tumba; así que tuvo que volver a centrifugar
sus ojos, primero a izquierda y después
a derecha, y en un instante el chico estaba
disfrazado para la fiesta.

El atuendo le arrastraba por el suelo
y la capucha le tapaba la cara por completo.
Era perfecto para pasar desapercibido en un
mundo que no era el suyo.

—Recuerda que deberás caminar
arrastrando los pies –le dijo Brady,

colocándole los hombros de la túnica en
su sitio–. Estás guapísimo. Vamos. Sígueme.

Caminaron durante un rato. Solo
hablaba Brady, y hablaba solo, como si
conversara consigo mismo, interrumpiendo
el silencio con frases sueltas, tales como que
aquel payaso era una serpiente asquerosa,
o despachándose de lo lindo con el capuchino
delicioso, según sus propias palabras, y con
el abuelo que estaba en la penumbra...

Mateo caminaba tras él, siguiendo el
camino bordeado por cipreses e intentando
asimilar lo que escuchaba. Pero era incapaz
de atar las frases y darles un sentido en su
cabeza.

Finalmente se detuvieron en un cruce.
El muerto sacó de un bolsillo de su gabardina
un teléfono móvil, grande como un ladrillo.

Estiró la antena y marcó un largo número
con la destreza de un cajero de supermercado.
El chico lo miraba extrañado.

—Aquí ya tengo cobertura… –informó
Brady. Y viendo la confusión con que su
acompañante le observaba, le espetó–:
¿Es que al otro lado no tenéis móviles?
Son muy útiles. Sirven para decirles cosas
a otros muertos…

Se llevó el teléfono al oído, y cuando su
interlocutor respondió a la llamada, aquella
caricatura de mal gusto de Humphrey Bogart
dijo:

—Brady al aparato. Escúchame bien,
Hang, que es importante: ¿Aún está por ahí
la jovencita de las manos cosidas…?

»¡Que no!... ¡Que te prometo que no la
había hipnotizado! … ¡Sí! … ¡Es que le gusté
yo! … ¡Acéptalo, Hang, de nosotros dos,
tú eres el feo!

# A

**l cabo de un rato, Brady
y el chico llegaron a lo que parecía
ser una pequeña aldea.**

Las calles eran estrechas y empinadas.
Las casas, asentadas sobre aquel desnivel,
se inclinaban hacia los lados para mantener
el equilibrio, cada una a su manera.

Apenas había luces que iluminaran
las fachadas y las entradas a las viviendas
(¿o debería decirse *moriendas*?); y,
curiosamente, todas las casas compartían
una peculiaridad que llamó la atención
a Mateo:

—¿Por qué no hay ventanas? –preguntó.

—Porque no nos interesa ver lo que
ocurre al otro lado de la pared –dijo Brady,
despreocupado–. Igual es porque cuando
uno está muerto pierde el interés.

—Pero las ventanas dejan entrar la luz…

—Sí, ya. Pero aquí no hay luz.
Siempre estamos así, entre sombras.
Ni hay luz, ni oscuridad total. Estamos
a mitad del camino. Ni nos hemos ido,
ni hemos conseguido llegar.

»¿Te he dicho alguna vez que soy poeta?

Mateo no contestó.

Se esforzaba por comprender, pero
¿acaso algo de lo que estaba sucediendo tenía
sentido?

La respuesta, obviamente, era que no.

—Aquí nunca amanece, Chico Tonto
—continuó Brady, posándole una mano sobre
los hombros–. Lo que está muy bien, por otro
lado. Así no tenemos que levantarnos para ir
a trabajar.

»Y vamos a darnos prisa, que los otros
estarán a punto de llegar. Es aquí mismo,
en la taberna de las tres hermanas de los tres
ojos. Es el sitio donde celebramos nuestras
reuniones.

—¿Tienen tres ojos?

—Sí, pero no cada una… Tienen tres
ojos entre las tres.

La primera de las hermanas estaba
junto a la puerta. Era la que controlaba

el derecho de admisión, y había sido
la menos afortunada en el reparto:
no tenía ojos. Su frente se extendía hasta
la nariz.

Brady la saludó por su nombre,
quitándose el sombrero:

—Querida Clot, está usted estupenda.
Algún día tiene que contarme el secreto…

»Se lo venía diciendo a mi amigo
el Fraile: ahora vas a ver a una señora de
los pies a la cabeza.

La hermana sin ojos se giró hacia
un lado y abrió la puerta sin mudar el gesto.

Una vez dentro, Brady aclaró:

—Es que esta momia no te deja entrar
si no le haces un cumplido. Reglas de la casa.

El local era asfixiante. Estaba repleto
de mesas y sillas, todas ocupadas por una
escalofriante diversidad de seres agolpados

unos contra otros. En cada mesa había
una vela. En cada silla, un muerto. Y, dada
la variedad, parecía que allí se estuviera
celebrando una macabra fiesta de disfraces.
Incluso había un grupo sobre un pequeño
escenario, en un rincón, tocando una canción
que le resultaba conocida a Mateo; solo que
de otra época.

Sobre las mesas, unos pocos dormían.
Otros reían.

Algunos lloraban, jugaban al parchís
o bebían en silencio. Y uno de ellos, al fondo,
vestido de uniforme, se daba cabezazos contra
la pared.

*Pum, pum, pum, pum*

En la barra había una mujer sirviendo
bebidas. Era idéntica a la señora de la entrada,
salvo que esta tenía un ojo.

Brady también la saludó con un toque de sombrero. Agarró al chico con fuerza y se internó con dificultad por entre las mesas, dirigiéndose hacia la escalera del fondo. Cuando llegaron a la altura del tipo que golpeaba la pared con su cabeza, Brady le preguntó:

—¿Cuántos llevas, Sekunden?

—Seis millones trescientos cuarenta y ocho mil doscientos veintisiete, veintiocho, veintinueve, treinta… –se quedó diciendo el atormentado, con su extraño acento y sin alterar el ritmo, mientras Saco de huesos y el Fraile descendían los peldaños, uno por uno; como debe ser.

La planta de abajo era un calco de la de arriba. Como los sótanos de un aparcamiento. La barra aquí estaba atendida por otra de las hermanas, idéntica a las anteriores,

salvo porque esta tenía dos ojos (las cuentas
no fallaban: entre las tres sumaban tres).

Las mesas estaban menos concurridas.
En esta sala había menos alboroto y el
ambiente estaba menos viciado, lo cual
se agradecía.

Continuaron bajando.

El sótano 2 estaba vacío. No había nadie.
Las sillas se apilaban sobre las mesas, patas
arriba, y la barra estaba limpia. Ni siquiera
había botellas.

—Aquí nunca viene nadie –dijo Brady–.
Ponte cómodo. No creo que mis chicos tarden
mucho.

Y no lo hicieron. El primero en llegar
fue Hang *Soga*. Todo él recordaba a un
espantapájaros congelado en el tiempo. Vestía
ropa de campesino: pantalón de trabajo,
una camisa a cuadros y una gorra de béisbol

verde de John Deere. Y para completar su
atuendo llevaba una corbata de soga al cuello,
destrenzada en el extremo.

—¿Echamos una partidita al ahorcado?
–le preguntó Brady, dándole palmaditas en
la mejilla.

—No-no me hace ninguna gracia, Saco
de huesos. Y sabes que estoy en-enfadado
contigo. Estoy harto. Si-siempre hipnotizas
a la más guapa… –dijo Hang, atascándose
ligeramente, como siempre que estaba
enfadado o preocupado; que era siempre.

Brady lo negó todo, divirtiéndose con
sus propias exageraciones, y acompañó a su
amigo hasta una de las mesitas, la única que
estaba ocupada.

—Siéntate. En cuanto llegue la jefa os
lo explico todo.

Y Betty *Dientes* llegó volando. No es que apareciera enseguida, que también; es que realmente llegó volando, sin tocar el suelo con los pies. No era más que una niña. Una niña bajita con cara de adulta que iba en camisón, y tenía unos colmillitos característicos que se le entreveían bajo los labios.

—¿Sabemos algo de Lobo? –preguntó la chica con severidad, casi con angustia, antes incluso de poner los pies en el suelo.

Hang y Brady negaron en silencio, afectados.

—Entonces podemos comenzar –concluyó la Dientes–. ¿Qué es lo que ocurre?

Brady se dirigió hacia el pequeño escenario del rincón. Sacó el micrófono del pie, se aclaró la voz y empezó a decir:

—¿Te ha dejado tu pareja? ¿Te has equivocado de mundo? ¿Intentas sonreír, pero no tienes boca? ¿Los lamentos de tu vecino no te dejan dormir…?

»Pues ven y cuéntanos, ¡que nos riamos todos!

(*Risas de lata*).

—Esta noche, para amenizar la velada, tenemos con nosotros a un joven invitado (cortesía de Brady *Saco de huesos*) que nos deleitará con su extraño relato.

»Adelante, Chico Tonto, el escenario es tuyo. ¡Un fuerte aplauso para él!

Pero Betty y Hang no dieron una sola palmada.

Brady se encogió de hombros, resignado, y volvió junto a la mesa.

—Os presento a mi nuevo amigo –dijo, levantándole la capucha y dejando a la vista su rostro–. Se llama Chico Tonto, y está vivo.

»Vivito y coleando.

**M**ateo, ya acostumbrado
**a codearse con extrañas compañías,**
no mostró ningún reparo en contar su
historia. Aquellos seres, aunque muertos
y extravagantes, iban a ser los que
se encargaran de ayudar a Daniela.

Eso era lo que Brady le había dicho.
Así que… ¿quién era él para poner objeciones?
Tomó aire y empezó el relato por
el principio, con una sensación extraña,
atemporal. Parecía todo tan lejano… y,
sin embargo, apenas habían pasado unas
horas desde que se despertara a causa de
la bocina; medio día a lo sumo.

Cuando llegó al punto en el que Daniela
era atacada por la fiera, frente a la carpa del
circo, los tres muertos saltaron en sus sillas.

—¿Un perro? –gritó Brady, llevándose
las manos a la cabeza–. ¿Has dicho un perro?

—Sí, era enorme –puntualizó Mateo–.
Le caía el pelo sobre los ojos…

—¡Ay, que es Lobo! ¡Mi Lobito! ¿Será
posible que las cosas se compliquen un poco
más? ¿Por qué nos tiene que perseguir la mala
suerte más allá de la muerte?

»¡Y yo que estuve buscando la manija para cerrar la puerta! Si la hubiera encontrado antes de que apareciera el chico…

»¡Ay! ¡No quiero ni pensarlo!

Betty volvió a sentarse en la silla y se evadió, inmersa en sus pensamientos. Tenía la mirada extraviada, opaca, dirigida mucho más allá de las mesas y el regimiento de sillas que los rodeaban.

Hang, por su parte, había comenzado a hipar, llorando en silencio. Las lágrimas se le escurrían por las mejillas mal rasuradas.

Mateo llamó la atención sobre Brady:

—¿Entonces… ese lobo es uno de los vuestros?

—Efectivamente. Somos un cuarteto de cuerda —dijo señalando a Hang.

—¿Pero, entonces por qué atacó a mi amiga?

La encargada de contestar a la pregunta fue Betty. Regresó del desconocido lugar al que la habían llevado sus pensamientos y explicó con su voz de niña:

—Para espantarla. Para intentar que se fuera de allí antes de que sucediera lo que finalmente ocurrió. Lobo seguía la pista del mago desde hacía tiempo. Los vigilaba de cerca; pero no sabíamos que lo habían cogido.

»Los hombres de Cappuccini han mejorado mucho desde la última vez. Se nota que el Abuelo les está dando clases particulares…

Betty colocó sus manos sobre las de Mateo, encima de la mesa, y depositó en él sus ojos de adulta.

—Continúa, por favor; si eres tan amable… –dijo con su voz rasgada, de niña, encerrando en ella toda la amabilidad y la dulzura que podría encontrarse en aquel mundo sombrío.

Mateo continuó.

Describió detenidamente cada suceso, cada detalle de lo que había visto, por insignificante que le pareciera: la carpa, la caja negra rodeada por cadenas, la extraña forma en que había llegado a encontrarse con Brady; e incluso lo que les había acontecido a ambos a este lado de la frontera.

Cuando hubo terminado y su boca se cerró, todos quedaron en silencio durante un rato. Un silencio absoluto; hasta que Hang lo interrumpió sonándose la nariz y haciendo la pregunta obvia:

—¿Qué-qué vamos a hacer?

…

—No es fácil –dijo la chica Dientes, suspirando–. El Abuelo tiene a la niña en

la casa negra; aquí, en el mundo sombrío.
Y Lobo está en una jaula de circo; allí,
en el otro mundo. No es nada fácil...
Dejadme pensar un ratito.
        Y sin bajarse de la silla alzó
el vuelo hacia la lámpara de velas
que alumbraba la estancia,
donde se colgó
cabeza abajo,
como un murciélago.

—Pero, y Daniela… ¿Por qué no vamos ya? ¿Y si cuando lleguemos es demasiado tarde? –preguntó Mateo.

—No-no te preocupes –dijo Hang–. El Abuelo te encierra en una jaula, te-te da cama y comida… Es como cuando un niño secuestra a un gorrión… Tenemos tiempo. Ahora lo más importante es en-encontrar un plan.

—¿Y cómo estás tan seguro?

—Nos lo ha contado ella –dijo señalando hacia Betty, sonándose de nuevo la nariz–. Y sabría de-decirte incluso qué hay dentro de esa jaula. Ella estuvo allí. No-no debería acordarse, ni de eso ni de lo que hubo antes, cuando estaba viva… Pe-pero ella es distinta. Se acuerda de todo. Es la única…

»Por eso, de vez en cuando, nos repite la historia. To-toda la historia; para que no se nos olvide nunca de dónde venimos.

Mateo se vino abajo.

Daniela encerrada en una jaula, como Hansel en la casita de chocolate. ¿También la engordarían para comérsela? A Betty no se la habían comido, porque estaba aquí. Pero a juzgar por la opacidad y la tristeza que traslucían sus ojos le debían de haber sucedido cosas horribles. Y todo eso, otra versión de una misma película, estaba a punto de ocurrirle a Daniela.

El chico no podía soportarlo. La angustia le oprimía el pecho. Las imágenes que recreaba su imaginación le palpitaban en las sienes, ocasionándole un fuerte dolor de cabeza.

No podía más. Necesitaba dejar la mente en blanco. Dormirse. Alejarse de allí para siempre. No le importaba dónde. Cualquier sitio sería mejor. Pero no podía más, de verdad. No contaba con las fuerzas necesarias.

No tenía el valor suficiente para soportar lo que estaba viviendo…

Abrazó su cabeza sobre la mesa y allí, en aquel improvisado nido, se desahogó.

…

Brady caminaba de un lado a otro del salón, con las manos en la espalda.

Hang bebía sus lágrimas.

Y Betty, de repente, apareció de pie junto a ellos y les dijo:

—Ya está. Tengo un plan para rescatar a la chica. ¡Pero tenemos que ponerlo en práctica ahora mismo! ¡Vamos, todo el mundo en pie!

Mateo se sobresaltó. Según había dicho Hang, el tiempo era lo único que tenían de su parte:

—¡Pero si él me acaba de decir que teníamos tiempo!

—Y es cierto. No te asustes... Primero tenemos que ir a por Daniela; pero quien corre verdadero peligro no es ella. Es Lobo.

»Ten en cuenta que el tiempo no camina igual en los dos mundos.

E staban en el tejado, sentados junto a una paciente gárgola que apoyaba la mandíbula sobre las manos.

Llevaban allí un buen rato.

Mateo, intentando no caer al vacío; y la chica
Dientes yendo y viniendo, asomándose por
todas y cada una de las ventanas de la única
casa del mundo sombrío que las tenía: La casa
negra. La morada del Abuelo Penumbras.

Era la hora. Daba comienzo la función.

Hang llegó junto a la puerta de acceso
al jardín y pulsó el llamador del portero
automático.

—¿Quién es? –preguntó una voz
metálica, pausada, desde el pequeño altavoz.

—Traigo un pa-paquete para el Alcalde
Penumbras. Es urgente. Me tiene que firmar
aquí.

Hang estaba nervioso. Su voz sonaba rara.
Tan rara como su atuendo. Se había cambiado
de ropa; solo mantenía la soga, inseparable,
pero ahora iba vestido de color marrón oscuro
y llevaba una gorra de UPS. En las manos

sostenía un paquete. Una caja redonda,
de sombrero.

—Espere un momento, yo mismo le
firmaré –dijo la voz metálica, excesivamente
pausada–. El señor ha tenido que ausentarse.

*¡Bingo! ¡No estaba!*

*... ¿O sería una excusa?*

Al cabo de un rato apareció el dueño
de la voz, sorteando lápidas. Era el mayordomo
del Abuelo: un tipo alto y desgarbado,
de párpados caídos, que andaba como un
flamenco. Hang le entregó la caja, le ofreció
una tablilla para que estampara la firma y se
fue por donde había venido.

Cuando la puerta de la casa negra volvió
a cerrarse, Betty se lanzó otra vez al vacío,
en silencio, para espiar por las ventanas.

El mayordomo entró en la sala de
la derecha, una amplia biblioteca, y dejó

la caja sobre la mesa de despacho de estilo isabelino que había en el centro. Después volvió a salir.

La chica, asomándose desde fuera, se mordió los labios.

El plan estaba fallando...

Pero el mayordomo regresó enseguida, con un bocadillo en la mano, y se encaminó directamente hacia el paquete. Por lo visto le habían pillado cenando, o comiendo, o desayunando, porque en el mundo sombrío las tres cosas eran lo mismo. El mayordomo llegó hasta la caja y la destapó.

Durante un instante se quedó quieto, mirando el interior. Sin moverse. Sin cambiar el gesto. Sin masticar.

Después depositó su bocadillo en el interior de la caja y la volvió a cerrar, con mucho cuidado. Se puso a cuatro patas en el suelo y fue gateando hasta la chimenea,

apoyó su cabeza sobre la lumbre, como si
se tratara de una almohada, y allí se quedó
dormido, escuchando el suave crepitar
del fuego en su cabeza. O el suave crepitar
de su cabeza en el fuego.

Betty observaba desde la ventana.

*Qué bruto…*

Pero bueno, el plan seguía su camino.
Alzó el vuelo y dio la señal. Comenzaba
el segundo acto.

Hang llegó junto a la puerta de acceso
al jardín y volvió a pulsar el llamador del
portero automático.

No contestó nadie.

Volvió a pulsar.

…

Al cabo de lo que pareció una eternidad,
una voz enfadada preguntó desde el pequeño
altavoz:

—¿Quién es?

Hang se había cambiado de ropa
nuevamente. De su atuendo anterior solo
mantenía la soga, inseparable. Ahora iba
vestido con un impermeable de color rojo,
y en las manos sostenía una caja plana.

—Te-telepizza. Traigo su pedido.

—¿Mi pedido? ¿Qué pedido?

—Una *pizza* barbacoa fa-familiar: Pollo
frito, carne picada y beicon, con una rica salsa
barbacoa, du-dulce y picante a la vez.

La voz del otro lado pareció dudar,
pero no dijo nada.

Al cabo de un rato, una nueva sombra
apareció por el jardín, sorteando lápidas
en dirección a la puerta exterior.
Era el payaso. Su cara, inconfundible,
era de mala sombra.

Después de que abriera la verja, Hang
hizo ademán de entregarle la *pizza*, pero antes
de dársela se le cayó al suelo. Y cuando

el payaso, salivando como el perro de Paulov, se agachó a recogerla, Hang se le echó encima, subiéndose a cuestas como una garrapata y tapándole los ojos con las manos.

El payaso se puso a gritar, enfurecido.

Los adormilados que guardaban el jardín, a causa del jaleo, comenzaron a correr las lápidas hacia un lado y a asomar sus cabezas por las rendijas.

El payaso intentaba quitarse a Hang *Soga* de encima, rodando por el suelo y golpeándose contra la valla. Hang aprovechó una de estas embestidas, sin moverse de su privilegiada posición, y se apresuró a cerrar la puerta de una patada, quedando ambos en el exterior del jardín, a salvo de los muertos guardianes.

—¡Vamos! –dijo Betty–. Comienza el tercer acto. Esperemos que no haya nadie más ahí adentro… Yo solo he visto a estos dos.

Mateo y Betty se acercaron a la ventana
de la buhardilla e hicieron estallar el vidrio.
Cuando entraban por ella, el jardín, a sus
pies, ya estaba plagado de adormilados que se
dirigían hacia la puerta exterior, donde Hang,
vestido de rojo, seguía subido sobre el payaso,
rememorando sus tiempos de la *American
Professional Rodeo Association.*

La buhardilla por la que entraron
a la casa era el cuarto de juegos de un niño.

Estaba lleno de juguetes: la maqueta de un
tren, cochecitos de hojalata, una diversa fauna
de peluches y hasta una estantería repleta
de libros ilustrados.

Era una estancia preciosa, salvo porque todo lo que allí habitaba estaba roto y tenía una gruesa capa de polvo sobre la superficie, que le daba un aspecto lúgubre y mortífero.

Ahora, además, la habitación estaba llena de cristales.

—No te entretengas y corre detrás de mí –apremió la Dientes.

Solo que ella no corría. Se deslizaba volando, sin tocar el suelo con los pies.

Betty y Mateo salieron de la buhardilla y atravesaron un largo corredor, salpicado a ambos lados de puertas y cuadros. Bajaron los dos pisos por la escalinata principal y se dirigieron corriendo y volando hasta la biblioteca.

—Rápido, Mateo, coge la caja. Con mucho cuidado. ¡Vamos! –dijo Betty, flotando en el aire e intentando cubrir al chico en el recibidor. Quería salir de allí cuanto antes.

No albergaba buenos recuerdos de su última estancia en la casa negra, pero no era solo por eso. Tenía el oscuro presentimiento de que el Abuelo estaba allí. Y de hecho podría estar en cualquier sitio. En cualquier habitación. En cualquier rincón, observándolos y divirtiéndose…

Mateo obedeció. Entró en la biblioteca. Allí apestaba a cuerno quemado. Se acercó a la mesa del centro intentando no mirar hacia la chimenea, ni a quien en ella dormía plácidamente, y estiró las manos para coger la caja sombrerera. Pero algo le llamó la atención y sus ojos se desviaron unos centímetros. En una esquina de la mesa había un cenicero de cristal tallado que contenía una llave. Una pequeña llave dorada, atada con una cadenita.

—Rápido, coge la caja. ¡Vamos!

Mateo la cogió y corrió detrás de Betty

en dirección al sótano. Se accedía por una estrecha escalera de piedra de peldaños desgastados que, unidos a un descenso rápido y nervioso, aseguraban un resbalón. Mateo cayó de culo. La caja se le fue hacia un lado y de su interior salió disparada la cabeza de Brady *Saco de huesos*, dando tumbos por la escalera y quejándose a cada golpe:

—¡Ay! Cuando te cojan mis manos…

»¡Huy! Te vas a enterar, Chico Tonto…

»¡Ayyyy! –se quejó finalmente, juntando las palabras a causa del mareo, una vez se hubo detenido– ¡Es la última vez que me hacéis trozos! ¡Estoy harto de que os aprovechéis de mis ojos!

Mateo se levantó y corrió a recoger la cabeza; pero antes de agacharse junto a ella se quedó boquiabierto, mirando hacia la prolongación oeste del sótano. Allí estaba la jaula, colgando del techo. Y dentro de la jaula estaba Daniela, como Hansel, tumbada en el suelo; dormida… o tal vez muerta.

No había tiempo que perder. Betty recogió a Brady (o lo que de él había allí) y volando lo acercó hasta la jaula para que mordiera los barrotes con sus dientes. La dentadura de Saco de huesos se empleó de lleno, y antes de lo que nadie hubiera esperado, la celda estaba abierta.

Fue Mateo quien entró en ella.

Rodeó a Daniela con sus brazos, con mucho cuidado, temiendo que se fuera a romper, y la sacó de allí sin que nadie se diera cuenta de que se le habían saltado las lágrimas.

Una vez fuera, Betty sacó una pastilla de una cajita y se la tendió a Mateo.

—Dásela

—¿Qué es?

—No te preocupes. Es para que se despierte sin asustarse, y sin hacer demasiadas preguntas.

—Pero… ¿luego se acordará?

—Sí. Probablemente –dijo Betty–. ¡Vamos!

Y así fue. La Daniela durmiente se despertó al instante, aunque no del todo. Parecía estar evadida, presa por la inconsistencia de un sonriente sonambulismo. Pero la placidez de su rostro resultaba grata en aquellas circunstancias.

—Mateo… ¿tú también te has apuntado al curso de canto?

»Ayer el director estaba muy enfadado contigo… Creo que llamó a tu casa…

—¡Vamos! ¡Vamos! –increpó Betty, que ya estaba deshaciendo el camino, flotando sobre las escaleras con la cabeza de Brady en los brazos.

Daniela apenas se podía tener en pie. Estaba desmadejada. Mateo la apoyó sobre sus hombros. Asentía a sus palabras e intentaba mostrarse tranquilo y sonriente, para no preocuparla. Pero debían salir de allí cuanto antes; así que, cargando con su peso, se dirigió hacia la salida tan rápido como pudo, intentando dar alcance a Betty y a Brady.

Serían cuatro, o tal vez cinco, los escalones que habían subido cuando algo, de improviso, le agarró por el tobillo haciéndole perder el equilibrio y caer.

Era un niño.

Un sensor interno de la alarma que el Abuelo tenía instalada.

Un niño adormilado. El cabello le caía sobre la cara, blanca como una sábana. El único toque de color lo daban los cercos amoratados que rodeaban sus ojos: dos esferas completamente negras.

Mateo no fue capaz de golpearlo, ni de oponer resistencia; pero tampoco hizo falta. Daniela, tan adormilada como el propio muerto, se acercó hasta él. Le abrazó. Le susurró algo al oído y el chico pálido soltó el tobillo. Y se quedó allí abajo, en el sótano, esbozando una triste sonrisa y diciendo adiós con la mano.

—Él también está en el curso de canto –dijo Daniela, cuando salían del sótano–. Canta muy bien…

Betty y la cabeza de Brady los estaban esperando en el recibidor, junto a la puerta de entrada, urgiéndoles para que se dieran más prisa.

Salieron al jardín. Tal y como habían previsto, el camino estaba libre. Todos los guardianes adormilados se habían acercado a la verja de la entrada para disfrutar del jolgorio.

Corretearon entre las lápidas y enseguida llegaron junto a una encina seca, donde les esperaba una sombra con gabardina, sentada en un columpio y con el sombrero sobre los hombros. No podía tenerlo en otro sitio.

La gabardina decapitada levantó el sombrero a modo de saludo y Betty colocó la cabeza en su sitio. Lo primero que dijo Brady, una vez reconstruido, fue:

—Ese mayordomo es un *crack* haciendo bocadillos. ¡No os imagináis lo bueno que estaba! Era de anchoas con tomate, queso fresco y orégano… Mmmm… ¡Y con el pan calentito! Lástima que no me haya llegado al estómago…

—¿Cómo se te ha ocurrido chamuscarle la cabeza en el fuego? –le increpó Betty, disgustada–. ¡Es grotesco!

—No seas quejica, Dientes –se defendió Brady–. Tú me dijiste que le hipnotizara y pensara la mejor manera de quitárnoslo de en medio. No me dijiste nada más.

—¿Y no te habría valido con otra cosa... menos macabra?

—¿Qué quieres? Soy un muerto, no un guionista de comedias románticas ¡Es lo primero que se me ocurrió!

Enseguida llegaron al panteón. Allí estaba la puerta por donde Mateo y Daniela habían entrado a este mundo.

—Brady, ya sabes lo que tienes que hacer –ordenó Betty–. Si Lobo y yo conseguimos volver, vendré diciendo tu nombre. Pero si oyes entrar a alguien que no te nombra debes romper la manija; porque significará que se nos han adelantado y debes cerrar la puerta, para que no vuelvan a este mundo. ¿Lo has entendido?

—Te he escuchado las siete veces que me lo has dicho, pero ¿cómo voy a hacer eso?

Os quedaríais del otro lado. ¿No sería
preferible que volváis todos, en vez de no
volver ninguno?

—Te lo vuelvo a repetir, Brady: ¡No
puede ser! Si volvemos todos, ellos nos
delatarán ante el Abuelo, y estaremos
perdidos.

—¡Pero puedo hipnotizarlos!

Betty suspiró:

—No es seguro, Brady. Son tres…
Alguno se te puede escapar.

»Hazme caso, por favor. Y acuérdate de
borrar después los recuerdos al payaso. No sé
durante cuánto tiempo podrá retenerlo Hang.
Fíjate en ellos.

A lo lejos, el payaso tomaba carrerilla
y se golpeaba la espalda contra la verja,
sacudiendo a Hang en cada golpe, mientras
decenas de brazos adormilados intentaban

agarrarlo desde el interior, entusiasmados, aullando como bocinas de barco.

Mateo, Daniela y Betty desaparecieron por el nicho sin una despedida.

Brady movió los ojos con rapidez, en busca de la manija. Esto no era más difícil que hacer una sopa de letras. Primero las horizontales, luego las verticales, y las oblicuas para el final. Tenía cierto margen hasta que fueran a regresar, pero necesitaba localizarla cuanto antes.

—¿Dónde estás, manijita bonita? –dijo entre dientes, en el preciso momento en que la localizó.

Allí estaba, frente a sus ojos, en el centro del altar.

La manija era un reloj. Un antiguo reloj de sobremesa que, en este mundo no tenía ningún sentido. Su péndulo se balanceaba hacia los lados, pero las manecillas permanecían quietas, por el lógico desconcierto de hallarse en un mundo muerto, donde el tiempo estaba enrarecido.

Brady salió del panteón y volvió a entrar con una piedra del tamaño de su cabeza.

La depositó junto al reloj. Ahora solo había que esperar.

Estaba preocupado.

...

Suspiró.

# La primera en salir fue Betty.

E hizo una salida triunfal, volando desde la
caja hasta el trapecio, en el centro de la carpa.

Detrás aparecieron Mateo y Daniela,
alzando los ojos sobre el borde de la caja
y mirando a su alrededor. Allí estaban todos,
junto a la entrada.

El mago Cappuccini y el funambulista
intentaban trasladar en aquel momento a
Lobo, sujetándolo cada uno con una cadena
amarrada a su cuello, mientras el enano hacía
restallar el látigo sobre su lomo. ¿Dónde
lo llevarían? ¿Acaso estarían ensayando
la función?

Betty se abalanzó sobre el mago. Fue lo
primero que hizo. Le tenía ganas, sin duda.

Cayó en picado sobre su cabeza y rodó
por el suelo enzarzada con él.

Lobo aprovechó el desconcierto y dio
un estirón de la cadena, atrayendo hacia sí
al funambulista. Lo hizo un ovillo y lo lanzó
contra el enano, que para entonces
ya había dejado caer el látigo y corría
haciendo aspavientos, sin saber hacia
dónde dirigirse.

Mateo y Daniela salieron de la caja
y se escondieron entre las gradas, no sin antes

darse cuenta de que al otro lado de la pista,
como único público espectador, había dos
niñas pequeñas amordazadas; y un poco más
allá, un cochecito de bebé.

—Son las hijas del zapatero –dijo
Daniela, señalándolas–. Suelen ir a comprar
a la tienda de mi madre.

—¡Corre a buscar ayuda! –dijo Mateo–.
Yo las soltaré.

—Pero…

—¡Corre!

Daniela se fue a gatas bordeando
las gradas, en busca de la salida, y Mateo se
encaminó hacia las niñas. Las pequeñas tenían
los ojos cerrados, lo que hizo pensar
a Mateo en la bocina del payaso, que había
visto primero llamando la atención con
sonidos que se asemejaban a gritos y luego
aspirando el aliento a Daniela. Seguro que
también se lo había aspirado a estas dos niñas.

En ese instante, Betty se zafó del mago
por un momento y le gritó a Lobo:

—¡Corre! ¡A la caja!

—¡Solo detrás de usted, señorita!
–respondió Lobo con otro grito, tan grave
que retumbó en el interior de la carpa,
mientras se arrancaba las cadenas del cuello.

Así que entraron los dos a la vez.
La chica Dientes volando y Lobo de un salto
espectacular.

Los otros tres habitantes del mundo
sombrío sabían que corrían peligro.
Desconcertados, corrieron hacia la caja detrás
de ellos en busca de la seguridad del hogar.
El mago entró el primero, con el bigote
postizo a medio despegar y la cara magullada.
Y detrás de él el enano, empujado desde abajo
por el funambulista, que fue el último en
saltar.

Mateo se puso en pie y se dirigió
corriendo hasta las niñas. Se habían ido todos,
y por un lado estaba bien. Muy bien… Pero
por el otro no lo estaba. Y no pudo evitar
preocuparse. Habían escapado todos. Algo
había salido mal. ¿Sería que Brady no había
encontrado la manija? Entonces… ¿qué suerte
correrían sus amigos del otro mundo?

En ese instante se escucharon unos
forcejeos en el interior de la caja, y finalmente
se rompió. Las cadenas se escurrieron
hasta el suelo y sus laterales cayeron hacia
los lados, como los pétalos de una flor.
El enano, el funambulista y Tito Cappuccini
aún estaban allí, sentados espalda contra
espalda, y mirándole fijamente con sus caras
de mala sombra.
Ahora quienes corrían peligro eran Mateo
y los otros niños…El mago se puso en pie

y empezó a gritar, presa de un ataque
de rabia.

Alzó los brazos con las manos extendidas
y en verdad dio la sensación de que estuviera
aumentando de tamaño, como si fuera una
sombra que se acercaba, o un monstruo con
la capacidad de expandirse sobre su presa.

Sobre Mateo, las hijas del zapatero
y el bebé que dormía en el cochecito.

Afuera se oyeron gritos. Era Daniela,
pidiendo ayuda. ¡Y no estaba sola! Había
alguien más. Gente adulta.

*Gritos.*

El mago se detuvo maldiciendo,
visiblemente herido y enrabiado, y regresó a
su tamaño habitual. Después sacó dos pelotas
de su bolsillo y lanzó la primera, de color
rojo, hacia la entrada del circo.

Al caer al suelo provocó una llamarada
y la carpa, en aquel punto, comenzó a arder,
impidiendo el acceso y propagándose poco
a poco por todo el perímetro. Después dejó
caer la segunda bola, de color negro, en
sus propios pies y los tres, mago, enano y
funambulista, desaparecieron tras una nube
de humo... y el eco de un grito desesperado.

Mateo quitó las mordazas a las niñas
y las llevó al extremo más alejado del fuego.
En el cochecito había un niño. Lo sacó de
allí y lo depositó junto a las hermanas. Pero
ahora no sabía qué hacer. Estaban atrapados
por el fuego.

Intentó excavar bajo la lona, pero era
imposible. Y las llamas se iban acercando cada
vez más. Ya notaba incluso cómo le quemaban
sus propias lágrimas.

¿Qué podía hacer?

La única solución era cortar la lona. Pero
para eso necesitaría un cuchillo. Una navaja.
Algo afilado…

*La llave.*

Se sacó la cadenita del cuello.
La pequeña llave dorada ni siquiera necesitó
entrar en contacto con la lona para hacer
un corte perfecto, de arriba abajo.

Aire.

Luz.

Aunque estuviera a punto de ponerse, allí, a lo lejos, había un sol.

Mateo sacó afuera al bebé y a las niñas.

A los tres.

Tosía. Le ardía la cara.

Se dejó caer en el suelo.

Llorando.

Y tal vez se hubiera quedado dormido allí mismo, sin pensar en nada, de no ser por los gritos de la gente que repetía una y otra vez no sé qué cosa de los chicos que habían desaparecido cuatro días atrás.

**E**ra noche cerrada cuando
el refulgir del incendio dejó
de impresionar con sus destellos
el vidrio de la ventana.

Una figura inmóvil, oculta entre las sombras, estaba sentada sobre la cama. Una figura absolutamente normal y que hubiera pasado desapercibida a ojos de cualquiera, en este mundo.

Nadie en su sano juicio se hubiera imaginado jamás, por ejemplo, que esa persona no parpadeaba, ni respiraba; o que no tenía lengua.

Como mucho, podría llamar la atención solamente un detalle: que apestara a colonia de abuelo.

Solo eso.

Se levantó de la cama y apartó ligeramente la cortina.

Había estado registrando la habitación.

Leyendo cuadernos. Abriendo cajones. Observando fotografías… En una pared, sobre el escritorio, había un corcho repleto de ellas. Y en casi todas aparecía un chico junto a Mateo; muy parecido a él, solo que mayor, más alto. Más guapo.

Un chico que le resultaba vagamente familiar. Estaba seguro de que lo había visto antes, en algún sitio…

Cogió una fotografía y se la guardó.

Nadie se daría cuenta.

*Mejor hacer las cosas por uno mismo.*

Todo lo demás estaba en su sitio. Todo salvo los peces. El acuario de Mateo estaba vacío.

*Un capricho.*

La figura soltó la cortina. Se dio la vuelta y se encaminó hacia la salida silbando una versión queda y espeluznante de *What a wonderful world.*

Y es que el mundo era maravilloso…
Este no. El otro.